带好胃口去旅行

环球86天美食游记

韩伟 著

河南科学技术出版社
·郑州·

图书在版编目（CIP）数据

环球 86 天美食游记 / 韩伟著 . —郑州：河南科学技术出版社，2017.3（2023.2重印）
ISBN 978-7-5349-8490-7

Ⅰ . ①环… Ⅱ . ①韩… Ⅲ . ①游记 – 作品集 – 中国 – 当代 Ⅳ . ① I267.4

中国版本图书馆 CIP 数据核字 (2016) 第 278878 号

出版发行：河南科学技术出版社
地址：郑州市经五路 66 号　　邮编：450002
电话：（0371）65737028　65788613
网址：www.hnstp.cn
策划编辑：梁莹莹
责任编辑：姚翔宇
特约编辑：张　轩
责任校对：窦红英
装帧设计：冯薛婷
责任印制：张艳芳
印　　刷：永清县晔盛亚胶印有限公司
经　　销：全国新华书店
幅面尺寸：170 mm × 235 mm　印张：8　字数：197 千字
版　　次：2017 年 3 月第 1 版　2023 年 2 月第 2 次印刷
定　　价：49.00 元

FOREWORD 前言

当梦想照进现实，出发吧，厨房大叔！

相信许多人都对 “一万小时定律” 有所耳闻——任何人想要成为某个领域的专家，至少需要投入10000 小时，如果按照每天3 小时计算，差不多需要十年。

我是韩伟，《美食圈》杂志主编，美食圈工作室 boss，像许多人一样，环游世界是我的梦想之一。在坚持探索美食的第十个年头，这个梦想终于照进了现实。

作为搜狐的签约自媒体人，历经三个月的网络海选、主办方的层层筛选和面试，我最终以“美食家”的身份成为 5/30000000 中的 1/5，拿到了歌诗达“大西洋”号环球邮轮的船票，带着三千万网友的梦想，开始了为期 86 天的环游世界之旅。

都说有了“棋逢对手”的旅伴，美好的旅途就成功了一半。和我一起赢得船票的是四位非常优秀的搜狐自媒体人—— 2013 年环球小姐最佳亲善奖、中国区冠军叶子金，资深媒体人《三联生活周刊》特约撰稿人、“文字控”土摩托，“九O后” 风光摄影师、《西藏星空》拍摄者、“视频狂” 王源宗，以及摇滚创作人、首季《中国好声音》人气学员、“歌颂者” 褚乔——如此美好的旅伴让我对这趟旅行多了一份期待。

当然，作为五人中的“美食家” 担当，此行除了领略自然美景和风土人情之外，我更肩负着探索各国美食的任务。世界那么大，美食那么多，这一次，我要走遍全球去尝尝。

碧海之上，船已满帆，环球航行的路线图在眼前缓缓延展开来。
出发吧，厨房大叔！

韩伟

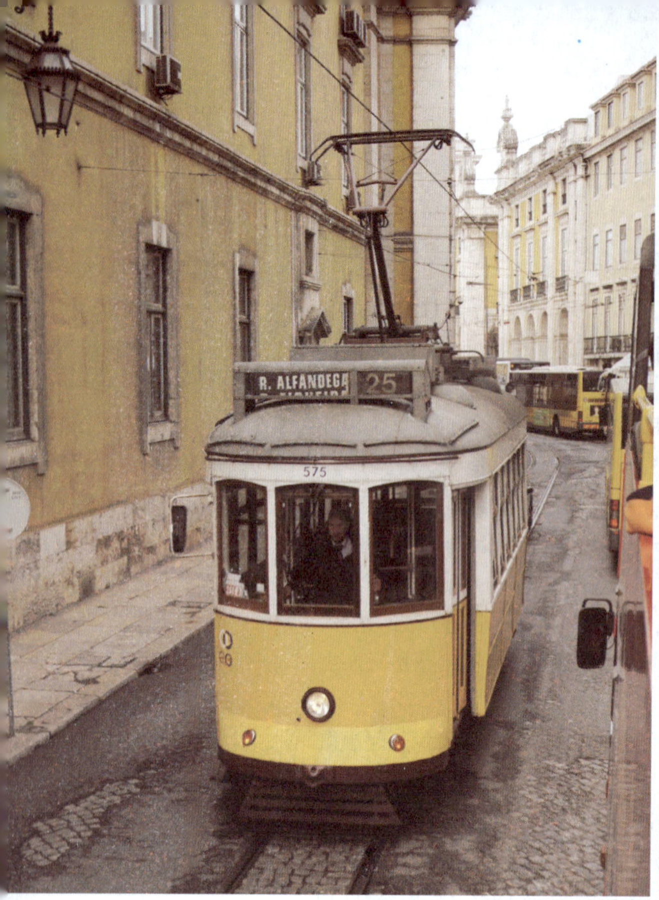

ASSICURAZIONI

MINOAN LINES
highspeed

FIFA

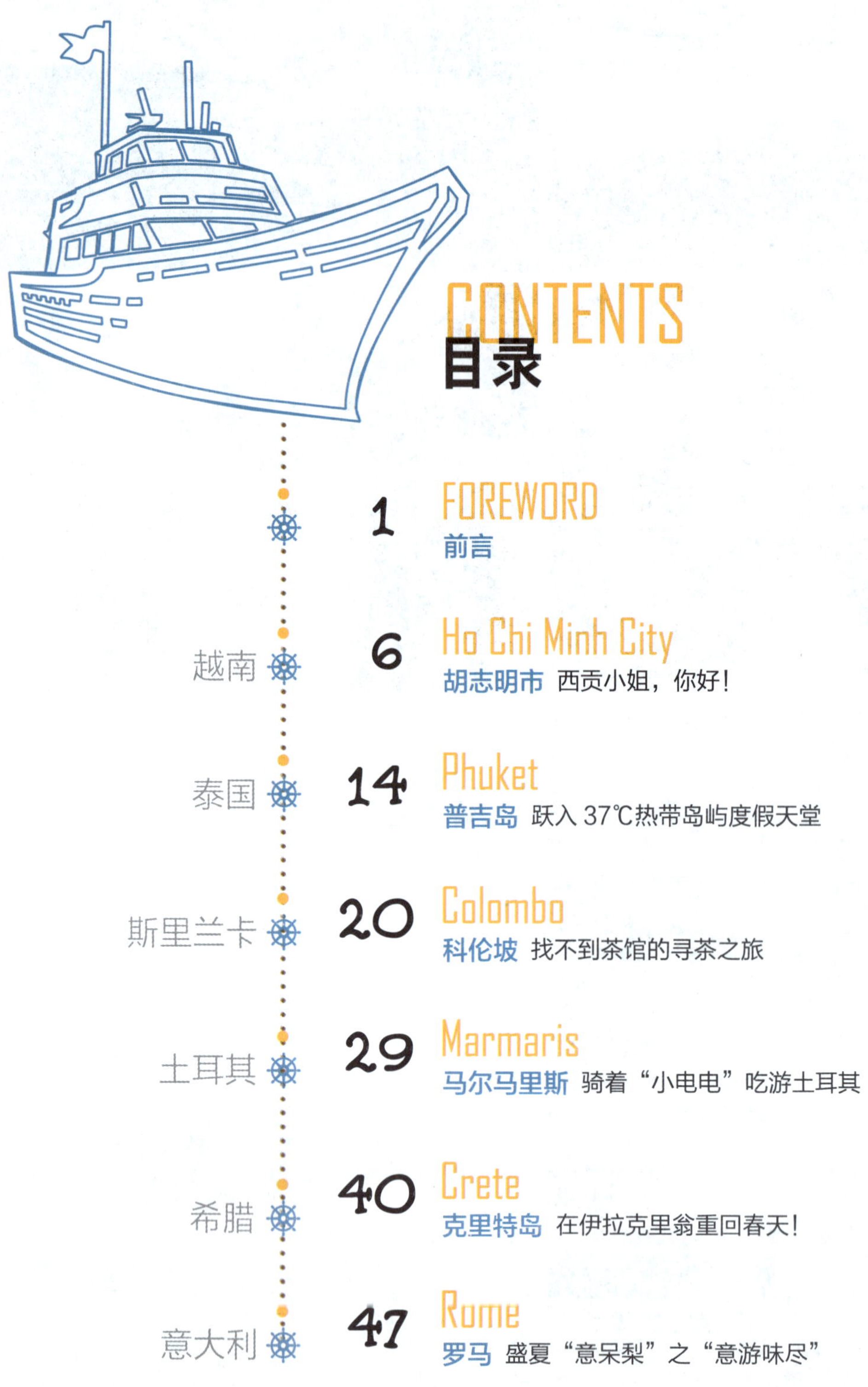

CONTENTS
目录

Ho Chi Minh City
胡志明市
西贡小姐，你好！

在越南，对于外国游客来说，胡志明市远没有它的旧称“西贡”那么知名，或许是因为百老汇经典音乐剧《西贡小姐》和那部著名的电影《情人》给人们留下的印象过于活色生香，又或许是因为相较首都河内，这里有着更多法国殖民时期留下的欧式建筑和文化印记……所以虽然在1975年西贡就已经改名为胡志明市，但人们还是喜欢称它为“西贡”。

摩托车上的城市

作为越南人口最多的城市，胡志明市和首都河内一样，是一个终日充斥着交通噪声的拥堵的城市。虽为越南第一都市，但放眼望去，四处却都是陈旧的建筑和蜘蛛网一般挂满天空的各种线缆，大部分的街景更像中国的某个小商品贸易特别发达的三线城市。繁华一点的主干道虽然也有一些世界名品专卖店，但更多的却是毫无规划的商铺和露天摊位。越南终年炎热，人们显得黝黑、消瘦和慵懒，喜欢三五成群地坐在路边的阴凉下，喝着加冰的自制饮料发呆、消磨时光。而略显奇特的地方在于，这是一个摩托车上的城市，人人都离不开摩托车。据说向对方按喇叭是一些成年男子打招呼的方式。街上的交通灯很少，公交车不多，私家车更是寥寥无几，只有潮水一般汹涌的摩托车大军占满路面，处处都显得无序和杂乱，以至于游客对

于此地的公共交通时常感到不便。究其原因，大概是胡志明市的街道极窄。但街上却鲜见走路的本地人，大家均以摩托车为代步工具。骑人力车的大多是在招揽生意的车夫，而那些骑自行车的和走路的，不用想就知道是游客。

西贡一味：好吃不贵的越南米粉

说到越南美食，米粉是最常见也最出名的庶民料理，是那种虽然看起来很寡淡，但吃起来层次特别分明的美味。越南米粉口味有很多种，但食材以牛肉和牛内脏为主，有牛百叶、生牛肉、熟牛肉、牛腩肉、牛筋丸和牛肉丸等，其次是鸡肉或海鲜。导游带我们抵达的第一个景点是一个妈祖庙，趁着大家进去参观的半小时，我抓紧时间在街上溜达了会儿，在附近一个热闹的市集上找了一家看上去不错的牛肉粉摊位，要了一碗烫生牛肉粉。动作麻利的摊主把洁白爽滑的米粉用漏勺放在滚水里稍烫片刻，随即捞出放进碗里，

再把新鲜的生牛肉摆在粉上，用滚烫的牛骨高汤一冲，撒上绿色的小葱和红艳的辣椒碎，最后滴上一些新鲜的青柠汁，不到一分钟，一碗口味酸辣、汤头微甜、鲜香浓郁的越南牛肉米粉就端上桌了。价格是三万越南盾，折算成人民币不到十元钱一碗，价格比国内卖二十元一碗的粉实惠许多。

独具风味的滴漏咖啡

咖啡在越南算是国民饮料，大街小巷里到处是大大小小的咖啡馆，白天有很多游客和当地人在其中消磨时光，夜间就很自然变身为聚会的小酒吧。这些小店的咖啡不仅品质和口感相当好，价格也很便宜，一杯冰咖啡只卖两三万越南盾，合人民币几元钱而已，人人喝起来都毫无压力，而其中最具当地特色的莫过于滴漏咖啡了。

滴漏咖啡不是用咖啡壶煮，而是用专门的滴漏咖啡杯来制作。小巧精致的铝制滴漏杯内有带小孔的压板，底部有细孔，用托盘架在咖啡杯上。制作过程也非常简单：先将炼乳放入咖啡杯，然后把滴漏杯放在这个杯子上方，再在滴漏杯底层加入足够多的咖啡粉。放下压板，注入少量沸水至能够润湿咖啡粉，然后盖上盖子闷，等半分钟左右，咖啡粉充分吸水膨胀后，把压板向下压实。注入半杯沸水，盖好盖子，这时候，水慢慢透过底层的咖啡粉开始滴漏，就这样滴漏杯里数量不多但是很浓的咖啡慢慢滴进咖啡杯。加上一杯碎冰搅匀，一杯口感醇厚、和别处的咖啡有着极大不同的越南滴漏冰咖啡就做好了。

情迷西贡：唯香料蘸酱与长发少女不可辜负

越南的饮食虽深受中国和法国的影响，但也发展出独特的东南亚风味。越南菜虽然看上去普遍较为清淡而精致，但口味却多是酸甜再加上少许辣。猪肉、牛肉、鸡肉及虾、扇贝等各种海鲜是这里的主要食材，鸭肉和羊肉比较少见。在烹调时添加蔬菜的比例也很高，很注重食材的清爽原味，烹饪也多用蒸、煮、烧烤和凉拌等方式。

生活在西南的人，大多对吃的口味有一种奇怪的偏执。越南人在烹调食物的时候，除了那些东南亚特有的调味料之外，还广泛使用一种腥味较重的特殊蘸酱——鱼露。简单地说，其制法就是取来新鲜的小鱼，将其处理后放在缸中抹盐、曝晒、腌制，通常撒上三五粒小青辣椒、挤几滴青柠汁一同食用，味道浓烈非一般人所能承受。但据说鱼露对于女孩子是个好东西，既有助于保持身材，又有滋阴之功效。

姑娘是这座城市最靓丽的风景，她们大多长发披肩，少有浓妆艳抹，显得健康真实毫不做作。也许是由于越南终年炽热潮湿，西贡女孩多数显得苗条秀丽又温婉可人，身处越南最大的城市也让她们更显大方和自信。姑娘漂亮，警察也不用拿着手枪。

有过传统的城市，无论那传统被如何蹂躏过，其底蕴都不容忽视。在文化上，越南有过断裂，也有过比中国更深重的殖民地文化，这使得它具有较为多元的发展可能。从某种程度上来说，西贡是一个时间的混合体：一部分在今天不安骚动，另一部分则在百年前静默安详。这样的城市承载着越南的梦想，在现代化的道路和古典忧伤的文化之间不停摇摆。尽管繁华已逝，略显衰败，但真实而又遍布鲜花的城市，总会从喧嚣中醒来。

Phuket

普吉岛

跃入37℃热带岛屿度假天堂

听说过，那里有很多水果；听说过，那里有很多摩托。
听说过，那里有很多坚果儿；没见过，那里著名的妖魔。
我要去泰国，寻找我的快乐；我要去泰国，唱着我的歌。
——郝云《我要去泰国》

3月1日从上海登船出发时，还是乍暖还寒的初春季节，我们乘着这艘排水量85000吨、有着各种生活设施和娱乐场所、堪称海上移动豪华酒店的歌诗达“大西洋”号邮轮的环球航行已逾一周。十天来，我们穿越台湾海峡，经过南海、马六甲海峡、新加坡海峡，终于到达了此次航行的第三个登陆点——位于印度洋安达曼海、终年炎热的泰国最大岛屿普吉岛。

安达曼海上的璀璨明珠

普吉岛以其迷人的风光被称为“安达曼海上的一颗明珠”，这里有着著名的“3S”景观：sunshine（阳光）、sea（海水）、sand（沙滩）。信奉佛教、善良温婉、热情好客的泰国人民，丰富完善的娱乐设施及各种规模的度假酒店，使这里成为世界各地的游客首选的度假胜地。

海湾里没有大型的邮轮码头，我们的大船抛锚停泊在离海滩不远的港湾中，大家下船乘坐摆渡的小艇才能登陆这个著名的度假天堂。在船上匆匆吃了早餐便排队搭乘小艇上岸，坐在小艇上回首港湾，我发现只有离开这艘排水量 85000 吨的船才能真正感受到它的巨大与气派。这种感觉很像曾经的大航海时代，水手们也是这样放下舢板、离开大船去探索一个个陌生的岛屿。

小镇街头上，热辣阳光下，溜达起来!

我跟同样没有报邮轮组织的普吉岛当地各种旅行、选择自由行的两位北京美女组成了一个“逛吃游”小组合，我们在街头的兑换点以人民币一比五点多的汇率兑换了些泰铢，然后在酒吧、商店、咖啡馆林立的海滩小镇漫无目的地闲逛起来。

虽然才上午九点半，刺眼的阳光和湿热的空气已经让我领教了这热带气息的热辣。从赤裸着身体唯恐晒不到、晒不黑的白人游客，和身边这两位“武装”到连牙齿都看不到、还随时随地补防晒霜的北京姑娘身上，可以看出不同文化和地域之间的审美差异。

食在普吉：最浓烈的热带风情

我推荐第一次到泰国的姜姑娘尝尝路边小推车摊主现场制作的冰咖啡。冰咖啡 40 铢一杯的价格与曼谷街头相比，整整翻了一番。同样的，我们在一个路边档吃的泰国特色甜品杧果糯米饭是 140 铢一份，跟曼谷 50 铢一份比起来更是贵出好多。看来旅游区餐饮价格高的确是全球性现象。

像去过的巴提亚一样，游客长年不断的普吉岛海滩上最多的就是各种露天酒吧、咖啡馆和大大小小的餐馆。上午十点的普吉岛还没有完全从前一夜的喧闹和宿醉中醒来，很多店铺还没有开门，稍逛了会儿我们就找了家咖啡馆躲进去吹冷气喝冷饮。

中午我们找了个阴凉靠海的泰式餐馆尝尝正宗的泰餐，有用椰浆和香茅草、酸柑、辣椒调制而成的整只新鲜大虾，冬荫功汤也是不可错过的国宝级美食。当然，用泰国香米搭配菠萝及蔬菜、腰果大火快炒、装在整只新鲜菠萝里上桌的酸甜菠萝炒饭，及有着鲜脆口感、搭配各种青菜与焦香花生颗粒的青木瓜沙拉自然也都要来一份。

五千千米外，畅享海滩一夏

旅行第十天，北纬 7° 56′，东经 98° 20′，吃饱喝足，躺在安达曼海沙滩的阳光下。在 37℃的热带气息中，遥想五千千米以外还在初春的家乡，感受着这份跨越季节提前入夏的异域风情。

Colombo

科伦坡 找不到茶馆的寻茶之旅

清晨时分从睡梦中醒来，拉开窗帘，看到我们的大船已经驶入码头，正在缓缓靠岸停泊。从泰国安达曼海普吉岛出发，经过整整两天两夜的航行，我们穿过了印度洋的孟加拉湾，抵达斯里兰卡最大城市科伦坡的邮轮码头。

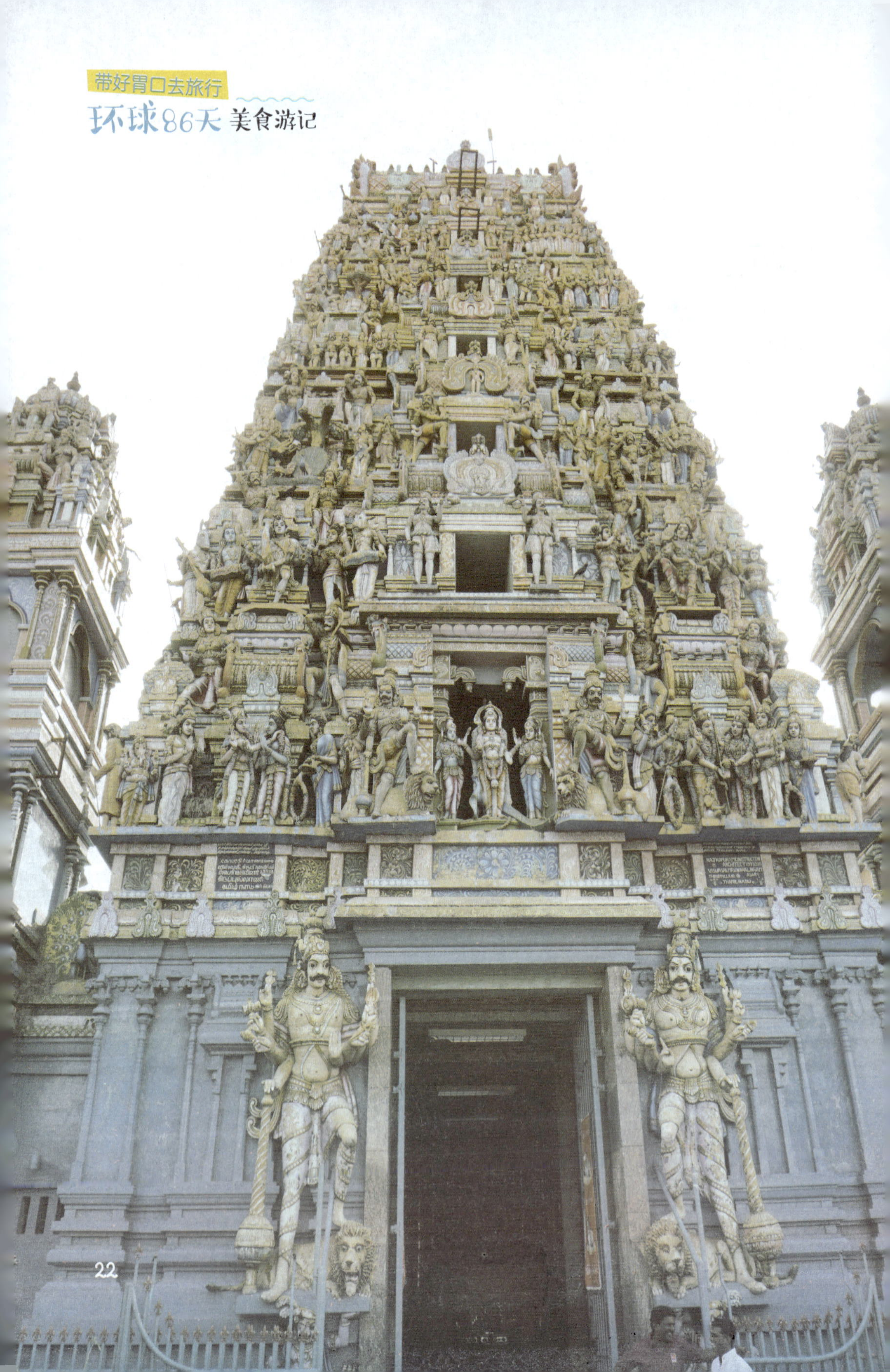

东方的十字路口

中国古代称斯里兰卡为“狮子国”“僧伽罗”。斯里兰卡在地图上的形状就像是滴落在印度洋的一滴眼泪。众所周知，这个国家盛产宝石和红茶，被马可·波罗称为“最美丽的岛屿”。作为世界上最古老的国家之一，其信仰佛教的人的比例达69%，拥有众多奇迹般的令人惊叹不已的寺庙和佛像。

科伦坡位于斯里兰卡人口稠密的西南海岸，素有“东方的十字路口”之称。由于科伦坡地处中东、印度和远东之间，来往于亚洲、大洋洲与欧洲之间的船只都要经过这里，因此，科伦坡逐步发展成为国际商船汇集的大港。

深巷里的城市

出港口不远就是科伦坡市区，虽然是斯里兰卡拥有两千多万人口的第一大城市，但这里比起前两站的越南胡志明市和泰国普吉岛更显杂乱和陈旧。市区鲜有高楼大厦和有规模的商业区，地铁和轻轨这样的轨道交通和高架桥完全没有，私家车不多，也很少见到出租车。街上跑的主要是公交车和三轮摩托TUTU车。

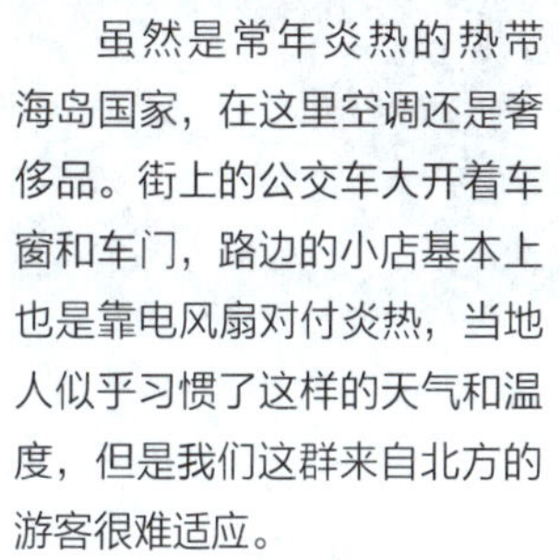

虽然是常年炎热的热带海岛国家，在这里空调还是奢侈品。街上的公交车大开着车窗和车门，路边的小店基本上也是靠电风扇对付炎热，当地人似乎习惯了这样的天气和温度，但是我们这群来自北方的游客很难适应。

这里有最纯真的笑容

可能终年炎热潮湿和靠近赤道阳光充足的原因，这里的人黝黑的肤色和我们的黄皮肤有着很大的不同。我们遇到的人都友好善良，每一个微笑都很真诚和朴实。

我们的车路过一座庙的时候，当地人正在举办婚礼，身着盛装的人充满异域风情。几个小花童人手一个三明治正在加餐，黝黑壮实的小姑娘吃相彪悍，可爱得没话说。

没有茶馆的锡兰红茶之国

大多数人可能和我一样，对这个陌生的国度最大的误解是：在咖啡店和茶馆都会有锡兰红茶。想象中这里应该像爱喝红茶的土耳其和爱喝咖啡的越南一样，遍地是茶馆、小摊，随处可以喝到高品质的红茶饮品。但在科伦坡走了一天，我也没有发现一间售卖红茶饮品的店面，商店里红茶柜台上的袋装红茶品种丰富，看来这里的人更习惯在家喝茶。

斯里兰卡人每天大约喝五次茶，一日三餐后都要饮茶，外加上午、下午各一次，最喜用红茶招待客人。要注意的是，喝别人请的茶最好不要加奶，因为斯里兰卡人认为加奶或糖是损害茶香原味的俗套行为。

想要采购一些红茶带回国送人或自饮的话，当地超市里通常都会有足够的品类可供选择；如果对品质有更高的要求且时间也相对充裕，可以走街串巷地在各种红茶专卖店中寻找最称心如意的品牌和种类。

一千户人家的咖喱有一千种味道

斯里兰卡与印度隔海相望，因为离印度大陆最近，受印度影响较大，饮食方式也不例外。斯里兰卡人和印度人一样习惯用手抓饭吃，比北方的印度更加炎热潮湿的天气让各种咖喱和辣椒成为打开胃口必不可少的重要调料。当地有许多大大小小的调味品市场，可以买到各种不同口味的咖喱。

斯里兰卡盛产香料，品质优良的咖喱制成的咖喱拌饭与印度咖喱相比更为热辣。建议来这里的游客可以体验一下本地民宿、客栈，一般都提供早餐，你也可以加些钱要求提供晚餐。晚餐大多是咖喱大餐，不过每一家的咖喱大餐配菜和咖喱味道都不大一样，也是非常值得体验的。

KRAL
KRAL
KR-07-2

马尔马里斯

骑着“小电电”吃游土耳其

对于中国人来说，有着浓郁热带风情的新加坡、马来西亚、泰国等东南亚国家或者距离很近、航班的飞行时间很短的韩国、日本一般会是第一次出境游的首选。想再走远点儿的话，就该选择欧洲十国或美国东海岸、西海岸这样的旅行社运作纯熟的传统线路了。和这些热门的旅行线路相比，距离相对遥远、连接欧亚两个大陆的土耳其算是很小众的旅行目的地了。

土耳其，欣喜再相逢

如果不是因为两个月前刚刚在土耳其做了一次十几天的多个城市和地区的旅行，土耳其这个国家对于我来说，也仅仅是停留在新闻上、偶尔会提起的诸多国家名称之一而已。你不会知道这里有着78万平方千米的广袤国土，有着七千多万突厥人的后裔在这里繁衍生息；不会知道这里有着那么多的险峻山脉和神奇自然景观；也不会知道这片土地几千年来经历了古希腊文化、古罗马文化、奥斯曼帝国文化等人类历史上主要几大文明的更迭而留下了璀璨的历史和丰富的文化遗产；更不会知道它是全球排名第16的经济实体和完全实行了政教分离、几乎全民信仰伊斯兰教的国家。

本来这次 86 天的环球之旅我们的歌诗达“大西洋”号邮轮并没有到访土耳其的计划，由于考虑到埃及局势的动荡、取消了苏赫奈泉和开罗靠港计划后，邮轮临时增加了停靠土耳其马尔马里斯这一站，这让我在不到两个月的时间里两次踏上土耳其的国土。

离开阿曼塞拉莱港口后，“大西洋”号驶过据说可能会有海盗出没的亚丁湾和狭长的红海，穿过苏伊士运河进入地中海，连续六天不间断地在海上航行。26 号黎明时分，“大西洋”号驶入停满了各种豪华游艇的马尔马里斯平静秀美的港湾，缓缓向邮轮码头靠岸。

爱琴海海岸："蓝色之旅"的起点

马尔马里斯位于平静的海湾内，背靠翠柏成荫的群山，是一座迷人的海滨城市。这里是理想的水上运动和航行场所，也是爱琴海海岸"蓝色之旅"的起点。几十年前马尔马里斯还是个清静的小渔村，20 世纪 80 年代后这里特殊的自然美景和得天独厚的平静港湾吸引了巨大的度假人流。平时人口只有一两万，旅游旺季游客有 30 万~40 万人。

过一把“‘小电电’骑士”瘾

六天的海上生活之后，猛一上岸让我特别兴奋！我们在码头拍照，在老街里溜达，我们“搜狐帮”中的资深旅行家、作家“土摩托”老师发现路边有一家出租摩托车的车行，就跟老板聊了起来。因为我们没带摩托车驾照，无法租烧油的摩托车，没想到车行还有电动车可以出租，一辆电动车一天五十里拉，我们七个人租了四辆，这下今天的自由行就方便多了。我就骑上这红色“小电电”，像个本地人一样四处转悠，寻吃马尔马里斯。

在土耳其吃土耳其烤肉才是正经事

所谓“靠山吃山，靠海吃海”，马尔马里斯作为海港城市，码头边的餐馆里各种海鲜食材自然是新鲜靠谱，长久积淀的海鲜烹制手法也令大厨们处理起来驾轻就熟。

土耳其语“烤肉”即“kebap”，音译作“卡巴”，是一种把旋转烤制的羊肉、牛肉或鸡肉削下来，加上配料而成的土耳其美食。

来到土耳其，亲眼见到真正的土耳其烤肉，才知道国内街头小吃摊上那种所谓的土耳其烤肉是多么的初级。土耳其烤肉通常是用皮塔饼包着吃的，有时也会像三明治般用阿拉伯面包夹着吃。里面除了夹片下来的肉，还有各种沙拉材料如胡萝卜、红椰菜等，当然，各种独家秘制的酱料是重点，口味重的吃货还可以选择加一些辣椒汁。

在土耳其，大街小巷、商场、饭店、车站、游乐场……随处可见各种风格和特色的烤肉店或摊子。浓眉大眼、帅气无比、服饰讲究的烤肉师傅，或新潮或传统的店面，巨大无比、热力四溢、香气弥漫的烤肉柱……时刻都在昭示着“kebap”绝对是土耳其国内最受欢迎、最流行的美食，没有之一！

市场里这家烤肉店虽然门脸和面积并不大，却已经是历经了几代人的传承，深受街坊和游客的喜爱。看得出来，中国游客的确不怎么到达这里，开朗活泼的烤肉店老板以为我们是日本游客，用生硬的“空你起哇”向我们打招呼，得知我们是来自中国的客人后很是好奇，还拿出厨师帽请我和他家厨师一起拍照。

凭吃货直觉觅到马尔马里斯人气餐厅

即使对来过土耳其旅行的中国游客来说，地中海岸的马尔马里斯也极少被选为目的地。在这样一个完全陌生、毫无美食攻略和资讯的异域之城，找到一个只有本地人才知道、有高品质美食出品的好餐厅，才是考验一个职业吃货基本素养的时刻。很不好意思地说：我做到了！

马尔马里斯的城市沿着平静弯曲的海湾蜿蜒展开，海滩旁公路两侧全是各种风格的酒吧、餐馆、咖啡店。中午吃过烤肉，参观完很有历史感的城堡后，离下午五点半登船离港还有一段时间。难得的土耳其陆上时间，我决定骑着“小电电”找个喜欢的咖啡店，喝点东西、上上网，打发时间。

因为有了电动车作为交通工具，我可以跑到离邮轮码头稍远一点儿的区域。我之所以在连成一串的餐厅酒吧中选择了 BONO 餐厅，其实是出于吃货的直觉，事实也证明这个选择非常正确。

以黑灰色为基调的 BONO 餐厅装修线条简洁舒适，是个有餐食也有咖啡、酒水出售的餐吧。虽然已是下午三点多了，店内依旧有不少当地客人，一看就是受欢迎的靠谱馆子。我选了个紧靠着开放式厨房操作区的位子坐下，可以近距离地看到收拾得干净利索、颇有专业素养的厨师的工作状态。

其实进来前只打算点杯咖啡或啤酒小坐一会儿，不过看到忙碌的厨师在不停地出品，我顿时很有食欲，禁不住向侍者要来菜单翻了起来。

请侍者推荐了 BONO 的主打菜牛肉鸡肉双拼加酸奶红椒和招牌甜品轻乳酪草莓起司蛋糕。牛肉不仅相当入味，口感还很嫩滑，配搭的红椒烤得微甜，好吃极了。

一位年逾八十的英国老人主动过来聊天，他在附近居住六年了，自从发现了这家馆子后，定期来这里和朋友吃饭小聚已经成为他生活的一部分了。

看我很认真地拍照及跟顾客交流，店里的老板主动把刚烤好作为员工餐的土耳其特色比萨饼拿来和我分享。

Crete

克里特岛

在伊拉克里翁重回春天!

“大西洋”号从土耳其马尔马里斯驶出后，向西北方向的希腊克里特岛驶去。这次海上航行已经接近一个月，从中国南海到印度洋、红海、地中海，一路上都是风平浪静，出发前专门准备的晕船药都没有派上用场。没想到这一百多海里的爱琴海旅途却让我们感受到一场海上大风浪的威力!

出港不久，我坐在房间内就感觉到船身摇晃的幅度比前几次遇见的中浪海况要大得多，打算去阳台看看外面的情形，发现阳台门竟然推不开!我费了半天劲推开门，便看到外面呼啸的海风把翻腾的浪花洒到数十米高的空中。黑漆漆的爱琴海上，排水量八万多吨的“大西洋”号巨轮像一叶扁舟一样随波涛起伏着。我本来打算喝罐啤酒写点东西，却发现还没开始喝呢就已经有点晕晕的了，只好老老实实关灯上床睡觉。

登陆希腊最大岛屿

一觉醒来，已是风平浪静，“大西洋”号已离开了亚洲大陆来到了欧洲，静静地停泊在希腊最大岛屿克里特岛的入口——伊拉克里翁的邮轮码头。伊拉克里翁是克里特岛上最大的城市，同时也是克里特大区和伊拉克里翁州的首府，古希腊神话中的米诺斯迷宫就建在这里。

下船登岸，我们出海关租了辆出租车，在希腊司机大叔的带领下参观克里特岛。车行半路，看到路边农田里黄色的油菜花开得正艳，我突然发现，27 天的航行，从初春微凉的上海出发，途径亚热带的越南和泰国及终年炎夏的斯里兰卡和马尔代夫后，我们又回到了一个生机盎然的春天。

相对于文化古迹众多的首都雅典和近来国内拍摄婚纱照、蜜月度假首选的以白墙蓝顶建筑为代表的圣托里尼岛来说，克里特岛并不在国人来希腊旅行的目的地清单内。也许正是因为这样，我们的“大西洋”号邮轮抵达克里特岛伊拉克里翁码头后受到了非常热情的迎接，刚下船走上码头，就享受到了穿着色彩鲜艳的传统希腊服装的乐队和美女的欢迎表演。

希腊吃货最爱海鲜小馆

如果是对古希腊文化和历史感兴趣的旅行者，克里特岛上的古神庙建筑遗迹和藏品精美丰富的博物馆绝对不会令你失望。但对于我这样一个职业吃货来说，吃什么才是重点。步行街上连菜单都是针对游客的，沿街拉客的餐厅自然不会是我们的选择，不过初次抵达也没有太多的攻略和资讯可查，去哪儿才能找到好馆子的确是个问题。

好在载我们的这位司机大叔也是个热爱生活、喜欢分享的人，他热情地向我们推荐了自己常常带家人光顾的一个本地海鲜餐厅。这家店就在码头对面，和长长的防波堤只有一路之隔。或许是因为我们来得比较早，店里的客人并不多。不过从对着我的镜头也依然表情严肃、看上去就很认真的大厨和冰柜里满满当当的新鲜海产品等细节上，就可以看出这的确是家靠谱的馆子。

找了靠窗的位子坐定，侍应生奉上的菜谱上的欧元标志提醒着我：从今天起，我们的环球旅行进入了欧元区。菜单上的菜品都是每份几欧元到十几欧元的售价，并不算高。感谢中国经济近年持续增长，让中国人不仅可以更加频繁地出来看世界，也可以更从容和自信地消费和享受欧美这些发达国家与地区的产品和服务。

菜单配有图，对我们来说点餐就方便了许多。大家“按图索骥”，选了自己喜欢的菜品和餐食。菜品上桌之后，我着实有些意外，这家希腊餐厅的出品分量之大，简直可以和最爱大盘出菜的美国馆子有一拼了。看到自己点的这份 T 骨牛排分量之足、肉排之厚实，我们平日里就无肉不欢的摄影师王源宗不禁露出心满意足的微笑。

在希腊海岛上的海鲜餐厅吃饭，地中海的海鲜自然是不能错过的。我帮大家选择了用小锅直接焖煮、吃的时候自己挤柠檬汁的新鲜美味贻贝和用海盐生腌的去骨小鱼配面包。有着浓郁芝士酱汁和虾肉、贻贝的番茄汁海鲜饭也很受欢迎。

在一个大托盘上放了一堆盘碟和饮品，颇有力气和平衡感的侍应生最后端出来的是用炭火烤的章鱼块配烤土豆、整条的海鲈鱼配米饭。当这些新鲜的海产品和最古老的炭火烤制方法一相遇，似乎立刻就产生了魔力一般，绽放出非常绝妙的口感，也让我们享受到食物最本真的鲜美滋味！

这样一顿令大家心满意足的海鲜餐吃下来，加上啤酒和饮料，店里又送了餐后甜品和一小瓶酒，最后结账一共 87 欧元，我们五个人算下来人均一百元人民币多点，这样高品质的海鲜和牛排餐在国内吃下来也不会比这儿的价格低，这希腊第一餐堪称完美。

Rome

罗马 盛夏“意呆梨”之“意游味尽”

当我们的邮轮缓缓驶入港口的时候，奇维塔韦基亚城高规格地派出两艘导引船来迎接“大西洋”号这艘意大利籍的邮轮回到家乡的母港，并以喷出高高的水拱门这样的海上传统仪式来欢迎我们这些来自中国的游客。

MUSEO
VIA OSTIENSE

每个人心中都有属于自己的罗马假日

下船登陆已接近中午，奇维塔韦基亚是一个主要服务于罗马的港口小城，港口离罗马主城区有八十千米的路程，火车是最快速便捷的交通方式。一个小时后，我们抵达了罗马中心火车站。相信所有看过赫本和格里高里·派克的那部好莱坞传世之作《罗马假日》的人，心中多多少少都会产生“意大利情结”，也会对永恒之都罗马有所向往：想亲自去摸一摸巨大的斗兽场的石柱，在许愿池投下一枚能带自己重回古罗马的硬币，看一看圣彼得大教堂广场上的鸽子。

三年前第一次来罗马的时候，我就被梵蒂冈的全世界最大的教堂、角斗士和凶猛野兽厮杀的古斗兽场、格里高里·派克与赫本阳光下相遇的西班牙广场台阶，以及可以投下硬币许下诺言的许愿池喷泉震撼，深感罗马是一个随处都是历史的巨大博物馆。不过这次我可不是为感受罗马辉煌的历史而来的，作为一个吃货，搜寻到一份正宗的手工意大利面才是我专程争分夺秒从码头搭火车来罗马的原动力！

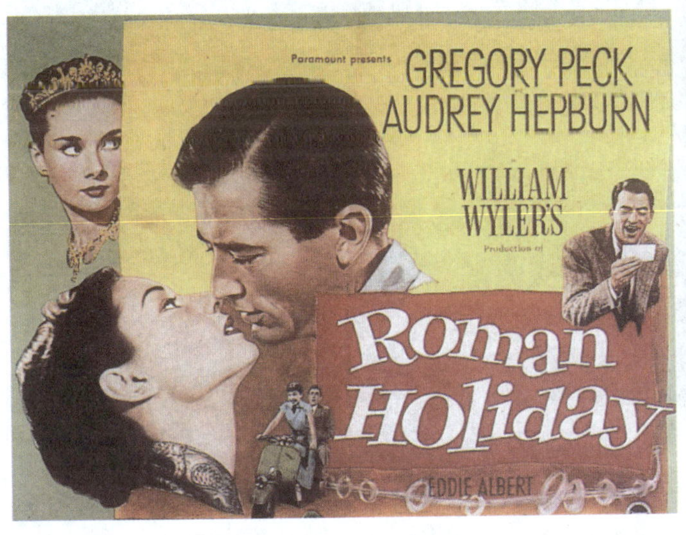

在市集寻找一份手工意大利面

当乐于创新的美国人用苹果手机和波音飞机，浪漫的法国人用香奈儿 5 号香水和路易威登包，严谨且一丝不苟的德国人用精密制造的汽车和设备征服世界时，人人是天生美食家的意大利人却轻松地用一盘盘看上去制作简单，实则用料丰富、口感香浓、可以演变出不同口味的意大利面，毫不费力地在全世界吃货心中占据了举足轻重的一席之地。

我常想，当初发明意大利面的那位厨师，一定能和万里之外发明抻面的那位中国厨师成为心灵相通的好朋友。面条这种食物真是神奇，既制作简单而又富有变化，既可以让家家户户轻易上手，又可以演化出成千上万种最终形态和口味。煮出一锅好面并非难事，甚至已经成为每一个初入厨房的“菜鸟”的烹饪第一课。但究其细节，却又有诸多讲究：和面时水量与面粉结合的比例，制面时长短粗细魔幻般变化的面条形态，对酱料与面条的无数种搭配组合演变出各种口味的探索……每一个步骤都足以让一位追求完美的厨师耗费一生的精力去研究和领会。

来到意大利，一定要去看一看本地市场售卖的各种意大利面。EATACLY 是一个集美食餐饮档和优质食材超市于一体的商业体，在这里，你能找到很多在意大利超市都无法觅得的优质食材和小众品牌，每一层还有直接由食材品牌厂商经营、能代表意大利各地招牌美食的餐饮展示档口。爱好美食的意大利人闲暇时间喜欢和亲友相约来这里一起享用美食，顺便再逛一下，为家里补充厨房和冰箱里的储备。

所谓一方水土养成一方文化，美食尤其如此。纵然如今在世界任何一个角落的餐厅或者家庭你都能吃到一份意大利面，但和那些用包装好的干面条、罐头装的番茄酱汁煮出来的意面相比，只有当你来到罗马，品尝到有型又有范儿的意大利大厨现场制面、现熬酱汁制作出来的手工意大利面后，你才会真正领略到意大利面的味道和精髓。

Marseille

马赛 寻汤未遇

从罗马搭火车回到奇维塔韦基亚，我们告别提拉米苏的甜蜜、浓缩咖啡的香醇和亚平宁半岛的艳阳天。歌诗达“大西洋”号环球邮轮再次拔锚鸣笛起航，向地中海西北方向的法国驶去。第二天中午，我们抵达法国第二大城市马赛。

小资情调的普罗旺斯首府

位于地中海沿岸的马赛是一座有着 2500 年历史的欧洲古城，也是法国第二大城市和小资心目中最有情怀的普罗旺斯地区的首府。马赛不仅是法国最大的商业港口，也是地中海地区最大的商业港口。1792 年法国大革命时期，马赛人高唱《莱茵军战歌》进军巴黎，激昂的歌声鼓舞着人们为自由而战，这首歌后来成为法国国歌，被称为“马赛曲”。

马赛港分旧港和新港。旧港在城市的港湾，如今成了游艇的码头。我们的邮轮停泊的是马赛新港。下船打了个车，不到二十分钟就来到了马赛旧港的老码头。旧港才是马赛真正的中心，港口两边分别是圣约翰城堡和圣尼古拉城堡，它们都是路易十四时代建造的。在过去，每天清晨这里的鱼市场都热闹非常，而码头则泊满小渔船及小艇。紧挨着旧港有一座贩卖奴隶用的单层甲板大帆船码头。如今这里是马赛人和游客都喜欢的广场，摆出露天桌椅的咖啡馆和餐馆非常多，广场上有一个标志性的摩天轮在缓缓转动，坐上去就可以从高处俯瞰整个码头。

充满历史荣光的马赛市集

因为我们在马赛只有半天的停留时间，只能忍痛放弃了古堡和博物馆之类的景点，在老城区溜达溜达也不失为一种了解当地人生活方式的好方法。正是初春的季节，行道树刚刚生长出嫩绿的枝叶，明媚斑驳的阳光洒落在身上，温暖又舒适。我一个人背着双肩包，戴着耳机听着法国香颂，漫无目的地在老城区游走。路两旁都是有着上百年历史的老建筑，宽大舒适的轻轨电车擦肩驶过，路上的行人和街边咖啡馆坐着的人都闲适又愉悦，这一切似乎都在向游客表达：这里是一座充满历史荣光、幸福感满溢的城市。

每来到一座陌生的城市，我最喜欢的就是钻进小巷里逛逛露天市场，欣赏那些由色彩丰富的新鲜蔬菜、瓜果、肉类和水产所呈现的艳丽画面，感受那种由形形色色的摊贩和当地人组合而成的熙熙攘攘、充满了人间烟火气的氛围。

寻汤未遇，期待再相逢

徒步走完老街、逛完市集后，我在街边当地人的小咖啡馆小坐了一会儿，就到了晚餐时间了。我下船前就做了些功课，准备找个海鲜馆子尝尝当地很有名的马赛鱼汤。

法国各地都有别具特色的鱼汤，如布列塔尼（Brittany）的cotriade、勃艮第（Burgundy）的pauchouse。但不知为何，普罗旺斯地区，尤其是马赛的鱼汤特别有名，据说是来到马赛的游客不容错过的美食之一。

和世界上许多美食的起源一样，马赛鱼汤亦是由一道穷人果腹的食物演变而来的。那时候码头边生活的渔民一边清洗渔网，一边把没有卖出去或者残缺不全的鱼加上茴香和其他一些调料放在海水里煮。后来马赛成为繁忙的海港，藏红花丝也通过海路传到了马赛，鱼汤里就开始加入藏红花丝。如今，马赛鱼汤已成了普罗旺斯的美食名片。

正宗的马赛鱼汤首先要煮一锅鱼汤汤底，当鱼汤煮得火候刚好的时候，把大蒜、茴香、洋葱、土豆放在一起煮到呈褐色。鱼的种类常常有十多种。马赛鱼汤之所以有名，是因为只有它把岩鱼作为配料之一。这种岩鱼躲在海底凹凸不平的岩石间，很难捕捞，如今产量越来越少，所以现在正宗的普罗旺斯马赛鱼汤都很昂贵，据说低于四十欧元一碗的都不是用岩鱼做的。

可能是我选的餐厅都不是那种专门接待游客的馆子吧，去了几家当地人爱去的馆子都没有这道菜。最后来到的这家门口摆了很多海鲜现点现做，是一家很专业的海鲜馆子。我把写了法文马赛鱼汤的纸条给他们看，也被告知没有这道菜。看来我这次是和马赛鱼汤无缘了，不过这家店的三文鱼刺身切片厚实，口感丰腴甜美，海螺肉蘸上特制的酱汁新鲜脆爽，让我相当满意。吃完就到了该回船的时间了，这次马赛寻汤未遇或许稍有遗憾，也许是冥冥中注定我要再来这里拜访一次吧。

再见，马赛。相信有缘的话很快就会再见，为了那一碗未遇的普罗旺斯马赛鱼汤，也为了重温这个初春下午给我留下的美好记忆。

Barcelona

巴塞罗那

万里寻味千百度

4月3日傍晚，我乘坐的歌诗达“大西洋”号环球邮轮拔锚起航，离开了法国马赛，沿着地中海向西南方向的西班牙第二大城市巴塞罗那驶去。

传奇色彩浓厚的神圣家族大教堂

提到位于地中海伊比利亚半岛上的西班牙和巴塞罗那，你会想到什么？是那浓烈似火的弗拉明戈舞蹈、奔跑的斗牛士？还是有着能容纳十万人主场和 10 号梅西这样耀眼球星的巴塞罗那足球俱乐部？抑或是近年风头超越了意大利帕尔玛火腿、被国内吃货热捧的伊比利亚黑猪火腿？

当你真正来到这个有着久远历史的城市，你才能体会到，那一座直指天际让所有游客都仰望赞叹的建筑——高迪的神圣家族大教堂才是巴塞罗那人甚至西班牙人最大的骄傲。有人说，神圣家族大教堂是超越了一般意义的建筑，是巴塞罗那的象征。

享誉全球的西班牙“国饭”

有着西班牙“国饭”美誉的海鲜烩饭，和意大利面、法国蜗牛并称“欧洲人最喜爱的三种美食”。西班牙海鲜烩饭起源于西班牙鱼米之都——瓦伦西亚，是以西班牙产粳米为原料的美食。正宗的西班牙海鲜烩饭卖相绝佳，黄澄澄的饭粒腌自名贵的香料藏红花，饭中点缀着无数虾、螃蟹、黑蚬、蛤、牡蛎、鱿鱼……热气腾腾，都是用深度不超过五厘米的平底浅口大圆双耳锅在火上烹制熟后直接端上桌奉客的。选用这样的平底锅，为的是让烩饭的米粒更通透，达到略干、略硬的正宗西班牙口感。做一锅上好的海鲜烩饭是家庭聚会的重头戏，用大锅来做又很具有观赏性，足以说明这个国家的富庶和家庭的殷实，最重要的是这样把众多食材混在一起烩确实好吃。这原理和远在万里之外咱们中国广东的煲仔饭与河南的砂锅大烩菜是一样的。

海鲜烩饭在当地被称为“paella”，关于“paella”的起源有几种不同的说法。一种说法是：“paella”这个单词来自西班牙东海岸的一个小海港，“paella”在当地语言里是“锅”的意思。当地海港的装卸工习惯在篝火上架起一口大锅，把米和其他食材丢进去一起煮，然后用木勺子直接从锅中取食。另一种说法是：哥伦布在航海时曾遭到一次飓风袭击，逃生到一个小岛上，当地渔民用海鲜和米饭做了锅大杂烩，救了饥寒交迫的哥伦布一命。后来哥伦布回到西班牙，跟国王说起这件事，国王就命令宫廷御厨到小岛学做海鲜烩饭，此后王宫里就用海鲜烩饭招待最尊贵的客人。就这样，海鲜烩饭从渔民的餐桌搬到了国王的宴席上，成了西班牙的“国饭”。2001 年，马德里人甚至创纪录地制作了一锅直径 21 米的海鲜烩饭，总共使用了 6000 千克的米、12000 千克的肉及 1100 升的橄榄油，足够 11 万人吃，这样的大手笔足以证明“paella”在西班牙人心目中的地位。

从海鲜到火腿，寻味巴塞罗那

对于一个热爱美食之旅的吃货来说，巴塞罗那是西班牙旅行理想的第一站。这里有欧洲最大的菜市场和排名世界第一的餐馆。如果你热爱美食但对西班牙菜并不了解，那么根植于加泰罗尼亚烹饪传统又富有创新精神的巴塞罗那味道，便可以作为了解这个有着深厚美食积淀国度的起点。

巴塞罗那饮食是典型的加泰罗尼亚地方风味，从家常的小白豆杂烩到西班牙最丰富的海鲜菜肴，从烤鱼到煨面条，这些带有浓浓乡情的美食在巴塞罗那随处都可以品尝到。当地的名菜有梨子煮鸭、龙虾煮鸡、兔肉蜗牛烩等，而鳕鱼、蜗牛、蘑菇等都是最常用的配料，口味非常多变。

巴塞罗那也是吃著名的西班牙海鲜烩饭的最佳地点，虽然这里不是西班牙海鲜烩饭的发源地，却是吃海鲜烩饭的好地方，因为这里有着毗邻地中海的地理优势，新鲜的海产和原料取之不尽。巴塞罗那海鲜烩饭种类繁多，颜色也是红黄黑白，十分鲜艳，最有代表性的是什锦海鲜烩饭，海鲜使用的种类最多、用料最足。

走在巴塞罗那街头，发现风靡世界的美式连锁快餐店在这里并不多。追求慢食主义的巴塞罗那人喜欢和亲朋好友一起结伴在餐厅边吃边聊，悠闲地分享这大大的一锅很有家的感觉和味道的海鲜烩饭。

在巴塞罗那停留的这一整天，从午餐到晚餐再到消夜，我们选择了三家不同风格的餐厅，吃到了相当不错的海鲜烧烤、整只羊腿的料理和分量巨大且在餐桌上现场烹制的铁板 T 骨牛排。每家的海鲜烩饭我们都点了，各家都不太一样，但都有着惊人的好味道，且分量十足。尤其是借鉴墨鱼汁意大利面的做法加了墨鱼汁做成的黑色版西班牙海鲜烩饭，不仅视觉效果独特，味道也更加浓郁鲜美，让我这样一个爱好海鲜的吃货印象深刻、欲罢不能！

除海鲜烩饭，巴塞罗那随处可见售卖西班牙传统美食——西班牙火腿（Jamón）的店铺，这些店铺不仅销售火腿和火腿切片，也销售许多用火腿制作的具有地方特色的美食。

伊比利亚猪肉（通常被称为“黑蹄”，pata negra）火腿是一种西班牙传统的有法定产区的生火腿，在西班牙的美食中占据决定性的地位，肉源来自伊比利亚种（cerdo-ibérico）的黑猪，因此也被称作伊比利亚黑猪火腿。在国内，喝红酒的时候配上咸香厚重的伊比利亚火腿切片，已经是众多美食和美酒爱好者心目中的绝佳配搭。

另外，这里的甜点也值得一试，比如著名的 churros。最近在国内商场美食街和步行街上出现许多吉事果店，其实做的就是 churros。只是那些店似乎都没有领会到食用吉事果的真正精髓：真正的吉事果要吃刚出锅的，并且巧克力也是融化后放在杯子中像咖啡一样端上桌，然后用吉事果蘸着香浓的巧克力吃，最后再将巧克力一点不剩地喝下去。

“西班牙的神在菜市场”

西班牙有句谚语：“西班牙的神在菜市场。”在西班牙，菜市场是一道文化风景。在著名的博盖利亚市场附近，甚至还可以看到古罗马时代城墙的遗迹，最早由城郊农民自发形成的露天菜市场就在其中一个城门口。这家菜市场只是巴塞罗那40家室内菜市场中的一家。有些菜市场的大门上还标有“1908”“1911”等建造年代，如果门口挂着很大的红色“B”字，那就表示该建筑是巴塞罗那市政府的固定资产，已被列入文物保护名单。

如果你对菜市场的认知还停留在那种讨价还价声不绝于耳、地面脏水横流的场面，那你可就落伍了。在巴塞罗那的菜市场，那些水灵灵、五颜六色的水果和清洗得一尘不染的新鲜蔬菜，刚刚从码头运来带着海洋气息摆放在碎冰上的渔获，都享受着与在高级百货公司的柜台里一样的待遇，被精致摆放、用心陈列着，让人看了

胃口大开。在这里逛菜市场，不仅可以观看、挑选，还能立即品尝用最新鲜的食材烹调出的美味，这也是巴塞罗那菜市场与别处市集的不同之处。这样的菜市场就像一座古朴的、人际关系和谐的村庄。一些店铺是两代或三代人持续经营的，摊主之间互相熟悉、相互帮助，市场里洋溢着一种家庭般的和睦气氛。

这次环球航行已进行了一月有余，在十几个国家的不同城市都做了停留和吃游，今天的巴塞罗那给我留下了最深刻的印象和最美味的记忆。只能停留一天是最令人遗憾的一件事，下次来一定小住几日，去探寻更多隐藏在城市深处的加泰罗尼亚风味美食。

Lisboa
里斯本 惊鸿一面

面朝大洋，悠享历史

里斯本，位于欧洲大陆最西端的海港城市，是葡萄牙的首都和第一大港。尽管它有如上这些标签，从码头来到城区，你却丝毫感觉不到多数国家首都的街道上那种扑面而来的匆忙和喧哗。一眼看去，这里就是一个节奏和步调都很舒缓的城市，20 世纪初期开通的有轨电车和一百年前建成的蒸汽机升降电梯如今还在慢悠悠地运转。不论是宽阔的自由大道边还是半山坡道上的小巷里，都摆满了餐厅或咖啡馆的露天座椅，坐满了晒着太阳或发呆或闲聊的人。城区范围不大，很适合步行或者搭乘敞篷巴士参观游览。出了码头，路边就有红色的双层敞篷观光巴士在候客，上车每人 16 欧元，全程大约四小时的观光时间。巴士穿梭在整个里斯本的大街小巷，很是便捷。步行累了，你随时可以跃上这样一辆敞篷巴士，解放双脚，更加充分地感受里斯本丰富的历史遗存和温暖宜人的气候。

R. ALFANDEGA
25
575

来到这里的游客能从藏品丰富的博物馆、罗西乌广场上精美的雕像和高大的纪念碑、宏大华丽的修道院、海滩上洁白精美的世界文化遗迹贝伦塔等颇有些年头却仍维护良好的建筑身上感受到曾经的葡萄牙帝国的荣光，怀想这个在大航海时代叱咤风云的帝国逝去的兴盛与奢华。与当年强盛辉煌的帝国荣光形成鲜明对比的是，如今的葡萄牙身处欧盟诸国经济队尾，债务危机等负面新闻频频见诸报端，了解葡萄牙历史的人都免不了要对此唏嘘感叹一番。

巴尔托洛梅乌·迪亚士、瓦斯科·达·伽马，这些赫赫有名的航海家，就是从里斯本出发，乘着季风和洋流，绕过非洲最南端的好望角，前赴后继开辟到达印度的新航线的。他们的冒险和开拓精神使葡萄牙成为大航海时代的赢家，这个人口相对稀少、资源也相对贫乏的小国得到了飞跃式的发展。在此后的几个世纪里，小小的葡萄牙逐渐演变成一个庞大的帝国，它把自己的版图扩大到美洲的巴西，并使其一直延伸到远东印度尼西亚的摩鹿加群岛，跨度达地球一周的3/4，成为影响世界的最强大的全球性帝国。它曾将世界五十三个国家的部分领土收入囊中，它的官方语言葡萄牙语成为两亿四千万人的共同母语和世界第八大语言。全盛时期的葡萄牙甚至和西班牙共同签署了托尔德西里亚斯条约，两国意图瓜分世界。

随着工业革命时代的来临，在与工业制造能力强大的新兴殖民帝国如英国、荷兰、法国等国的竞争下，葡萄牙帝国逐渐败下阵来。1755 年，灾难性的大地震更是对葡萄牙首都里斯本的国际地位造成了几乎致命的一击。1822 年巴西独立、1890 年英国打击其在非洲的扩张企图，也都加快了其衰亡的速度，二战后的非殖民地化浪潮更是使得它在亚洲只剩下澳门和东帝汶两个殖民地。在 1999 年将澳门交还给中国后，葡萄牙殖民帝国正式宣告结束。

坐着敞篷观光巴士参观完老城区、著名的贝伦塔还有宏伟的修道院，已经是中午了。里斯本的餐馆主要集中在罗西奥广场和百夏步行街一带。大大小小的餐厅都把价目单贴在或挂在门外，明码实价，以便人们进行对比和选择。我们几个“船友”就近选择了在步行街上的餐厅吃饭，虽然这里价格要略高于小巷子里的餐馆，不过，能坐在整齐的石块铺就的百年老街中间的露天餐位上，一边欣赏着两边有着久远历史的精致建筑，一边享受美食，贵一点儿也算值得。

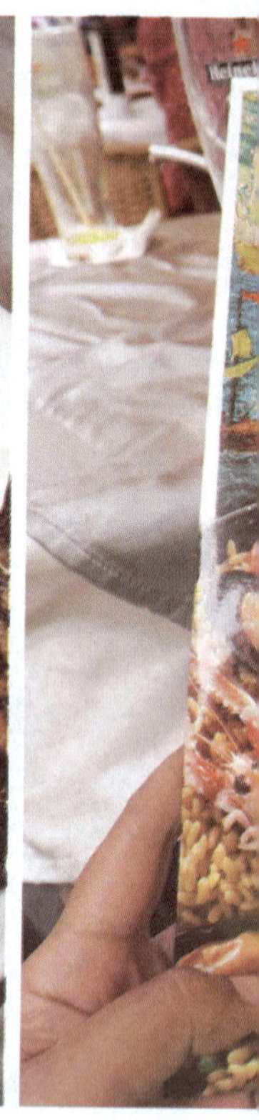

享受海洋的恩赐

有赖于濒临广阔大西洋这得天独厚的自然条件，里斯本的海产品自然特别新鲜丰盛。为各个区域港口服务的渔船每天都要捕回大量鱼类和贝壳，这些鲜货要么炖煮、熬汤，要么简单处理一下就烤，都是鲜美至极的正宗葡萄牙海鲜料理。

葡式烧烤是我在国内时就早有耳闻的特色美食。烤沙丁鱼既是闻名全球的美食，也是当地每家餐厅必备的菜式，特别是在里斯本，在传统餐厅或者海滨咖啡露台的菜单上都可以找到它的踪迹——通常，最地道的吃法是在炭火上烤好，淋上橄榄油、撒上胡椒粉。

香料在葡餐的配料中其实并不多见，葡萄牙人更喜欢用橄榄油、大蒜、香草、番茄及海盐来调味。海鲜类料理也非常丰富多样，有墨鱼、鲽鱼、鳕鱼、旗鱼、章鱼、鳗鱼、贝类等。鳕鱼在葡萄牙据说有 365 种做法，可以在一年中每天吃一种。由于葡萄牙的渔业发展期是在冰柜发明之前，所以当地的鳕鱼一般都是咸鱼干，烹饪之前需要先将鱼泡在水中或奶中。把鳕鱼、鸡蛋、土豆薄片、葱头放在一起煮的布拉日鳕鱼是一道传统菜，分量很大。烤鳕鱼则是最简单的菜肴之一：鳕鱼加少许蒜放在炉子里烤，然后加些蒸土豆和蔬菜，为了调味还可加一些橄榄油。剑鱼是大西洋马德拉群岛附近深海里的一种大鳗鱼，鲜肉白而硬，腥味比其他海鱼小得多。剑鱼是葡萄牙人饭桌上的一道重要的传统菜，其做法一般也是烤制。

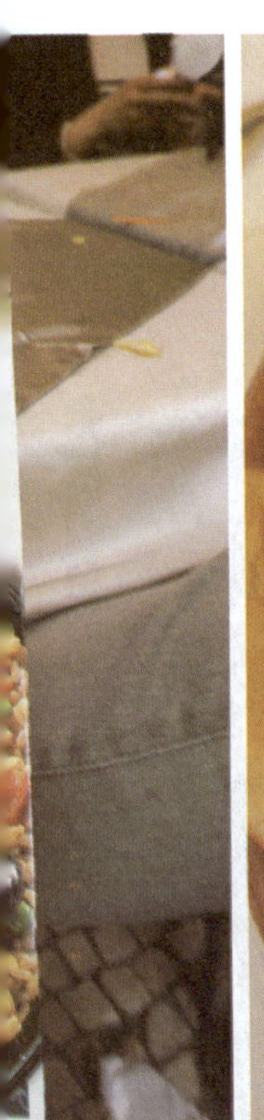

吮一口葡式甜蜜

对中国吃货来说，葡萄牙甜品中最为著名的要数葡式蛋挞（pastel de nata）了，全球快餐连锁业巨头肯德基对葡挞的推广，使葡式蛋挞成为家喻户晓的美味甜品。今天来到这款美食的原产地和故乡，自然不能错过这可以“一亲芳泽”的难得机会。这里的蛋挞与内地饼房那种精致小巧的出品相比，个头可谓巨大，稍稍有些硬的酥皮内盛满香甜的蛋黄和浓郁的牛奶，可以和一小杯浓缩咖啡搭配在一起当作下午茶，十分妥帖惬意，堪称完美。

除了闻名世界的葡挞以外，葡萄牙其实还有很多其他的特色甜品和糕点，其中有一大部分源于中世纪的修道院，因此也有着与修道院有关的名称，如“barriga de freira”（“修女的小腹”），“papos de anjo”（“天使的酥胸”）和“toucinhodocéu”（“天庭的培根”）等。单单看着这些美好的名称，就仿佛已经能够闻到一缕缕若有若无的甜蜜芬芳。

Santini
desde 1949
P

Nicola
Coca-Cola

PASTEL DE NATA
CUSTARD TART
TAKE-AWAY

Ocho Rios

奥乔里奥斯 蓝山咖啡和雷鬼音乐

作为一个咖啡爱好者和曾经的乐队贝斯手，对于牙买加这个遥远而陌生的加勒比海岛国，我"唯二"的印象是这里是世界公认的顶级咖啡"蓝山咖啡"的原产地，也是雷鬼音乐的发源地、雷鬼乐鼻祖鲍勃·马利（Bob Marley）的故乡。说实话，在参加这次歌诗达"大西洋"号邮轮环球航行之前，我从未想过有一天会来到这个国家，坐在当地的咖啡馆里，一边听着雷鬼乐，一边喝着真正的牙买加蓝山咖啡。

Bob Marley
MUHAMMED ALI
VS
SONNY LISTON

“最平静海岛”的后殖民时代

牙买加是加勒比海的第三大岛，以前也是印第安人的聚居地，五百年前哥伦布发现美洲新大陆时声称这是他见过的世界上最平静的海岛。可从那以后，牙买加的平静一去不复返，西班牙人和英国人先后在这里进行了长期的殖民统治，直到1962年牙买加才宣告独立。国家虽然已经独立，但殖民统治的痕迹和外来文化的影响却显著地保留了下来——语言、文化、法律、建筑等各方面都延续着英国习惯，而日常生活中又处处透着美国人的影子。

“颓范儿”的“007”的故乡

奥乔里奥斯是一座规模并不算大的港口城市，以出口香蕉闻名，人口不足一万，但它拥有骄人的白沙海滩、迷人的淡水内河、诱人的热带雨林及天然良港。让这个地方名扬海外的并不只是美丽的自然风光，还有家喻户晓的银幕万人迷詹姆斯·邦德。1962 年上映的第一部“007”电影《诺博士》就是在这里拍摄外景的，电影中那充满无限魅力的沙滩美景一下子就吸引了世人的目光，自此无数游客接踵而来，宁静的海边小镇成了旅游胜地。现在当地的港口就叫詹姆斯·邦德码头，连旁边不远处的海滩也叫詹姆斯·邦德沙滩。

可能是终年气温居高不下的缘故吧，街上留着长长脏辫的年轻人无所事事地坐在阴凉处发呆，破旧的小酒馆里老人百无聊赖地玩着老式赌博机，市场上出售的果蔬菜品也都有些蔫儿蔫儿的，除了咖啡和啤酒，超市和商店里售卖的大多是进口的食品和用具，本国出产的制品很少。奥乔里奥斯就是这样一个炎热而又略显颓废的城市。

雷鬼乐鼻祖鲍勃·马利：一头脏辫“乐”动全球

在牙买加，无论是在旅游纪念品商店的 T 恤和背包上，还是在路边的海报上，你都能看到一张熟悉的面孔——鲍勃 · 马利。他出生于牙买加，是雷鬼乐的鼻祖，他的精选集《Legend》是雷鬼乐界最畅销的专辑，全球销量达到两千万张。2010 年，鲍勃 · 马利获选美国 CNN 近 50 年“世界五大指标音乐人”。作为第一个打入西方主流音乐市场并大获成功的雷鬼乐手，在牙买加没有人比鲍勃 · 马利更受人民爱戴的了。据说当年在暴力和犯罪猖獗的牙买加，只有他可以不关汽车车门就离开去办事，没有人会去偷他的东西。他在牙买加是仅次于上帝的人，即使已经去世多年，仍然是全民偶像。1990 年，马利的生日被定为牙买加的国家法定假日。

蓝山咖啡：永恒经典的“黑色宝石”

来到牙买加，自然不能错过世界顶级的蓝山咖啡。蓝山咖啡是指由产自牙买加蓝山的咖啡豆加工、冲泡而成的咖啡。蓝山山脉位于牙买加岛东部，邻近加勒比海，每当天气晴朗的日子，太阳直射在蔚蓝的海面上，山峰上便反射出海水璀璨的蓝色光芒，故而得名。蓝山最高峰海拔 2256 米，是加勒比地区的最高峰，也是著名的旅游胜地。这里拥有肥沃的火山土壤，空气清新，没有污染，气候湿润，终年多雾多雨，这样的环境造就了享誉世界的牙买加蓝山咖啡。我在咖啡馆点了两杯单品蓝山咖啡，入口香醇，口感均衡精致，甘、酸、苦三种味道完美地融合在一起，有持久的水果味。喝足之后我忍不住又买了几包蓝山咖啡豆带回去给喜爱咖啡的朋友做手信。

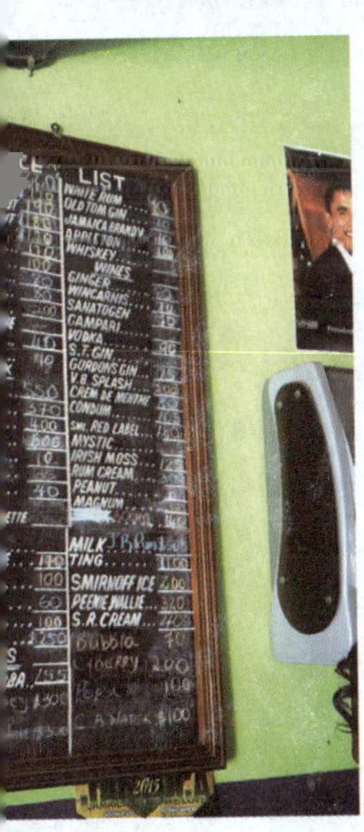
LIST
WHITE RUM
OLD TOM GIN
JAMAICA BRANDY
WHISKEY
WINES
GINGER
WINCARNIS
SANATOGEN
CAMPARI
VODKA
S.T. GIN
GORDONS GIN
V.B. SPLASH
CREM DE MENTHE
CONDUM
SML RED LABEL
MYSTIC
IRISH MOSS
RUM CREAM
PEANUT
MAGNUM
MILK
TING
SMIRNOFF ICE
PEENIE WALLIE
S.R. CREAM

GUESS

JAMAICA BLUE MOUNTAIN BLEND
ROASTED BEANS

Manzanillo
曼萨尼约
你好，玉米人！

通过了著名的巴拿马运河，我们从大西洋的加勒比海进入世界上最浩瀚的大洋——太平洋。连续四天的航程出奇地风

平浪静，歌诗达“大西洋”号邮轮如同行驶在湖面上一般，只有不时成群结队跃出水面的海豚、慢慢悠悠浮在水面游弋的海龟、换气时喷出高高水柱的鲸鱼在提醒着我们这里是渔获丰富的南太平洋海域。

登陆曼萨尼约

第五天清晨，我们抵达墨西哥重要的港口城市曼萨尼约。在这里，我们受到了来自曼萨尼约官方和市民热情的迎接。入港时导引船喷出水拱门的水上欢迎仪式，码头上当地人身着传统墨西哥服饰载歌载舞的表演，手捧着当地特产杧果的少男少女，全副武装的陆战队员的执勤安保，这一切都让我们感受到曼萨尼约人对来自遥远中国的游客的热情和重视。

曼萨尼约是一个不大的港口城市，低矮的建筑、狭窄的街道、老旧的汽车……这里和近邻美国有着巨大的贫富差距。虽然物质生活并不富裕，但是街上随处可见热情的微笑和友善的问候，给人一种特别真诚而又友好的感觉。一整天的参观游览过程中没有遇到一个纠缠不休地拉客和推销商品的人，这让我们安全感十足。

“我们是玉米人”

墨西哥是玉米的故乡，我国种植的玉米也是明朝时从此地辗转引入的。大约 9000 年前，古代墨西哥人驯化玉米并推动农业革命，从而形成了文明。在过去的 5000 年中，玉米从一种不为人知的野生黍类成为世界第三大粮食来源，这与墨西哥人的勤劳和智慧是分不开的。墨西哥人还在种植玉米的过程中创造出玛雅文明和阿兹特克文明。墨西哥人常说：“上帝创造了玉米，玉米同时也创造了我们，我们是玉米人。”

在城外几百里的小镇上，当我吃了今生第几十个“搭哥”之后，那个味道和形式，实在已像是一块抹布——土黄色的抹布，抹过了残余食物的饭桌，然后半卷起来，汤汤水水的用手抓着，将它们吞下去。一个“搭哥”大约合几角到一元五美金，看地区和内容，当然吃一个胃口是到了，而肚子是不可能饱的。一路“搭哥”到底。这让助手米夏叫苦连天，每吃必嚷：“又是一块小抹布！”

——三毛《万水千山走遍》

墨西哥当之无愧的国民美食

还记得作家三毛在 20 世纪 80 年代写的那本记录在南美洲旅行见闻的《万水千山走遍》吗？书里提到的“搭哥”（tacos）是一种墨西哥卷饼，将圆圆的玉米面饼皮弯成“U”形，在里面加上特制的肉酱、蔬菜及腌制的墨西哥辣椒，这样的吃法很接近我们国内的春饼，吃起来简单便捷，这样的小摊在整个墨西哥甚至美洲都随处可见。

在墨西哥你会发现，如果没有 tacos 吃，人们似乎都不知道该怎么过日子了。2013 年的春天，我从美国的圣迭戈市出境来到墨西哥的蒂华纳市，第一件事就是在街上吃了三毛所描述的像抹布一般的墨西哥主食 tacos。时隔两年，2015 年的春天，我第二次来到墨西哥、来到曼萨尼约，满街的 tacos 摊子还是一如既往地热闹。

这次我专门找到了一家像国内面条作坊一样用机器磨玉米面、制作 tacos 面饼的小店，跟老板攀谈起来，了解了从玉米粒脱皮、浸泡、研磨到制作成一张圆圆的玉米饼子的整个过程。

San Francisco

旧金山

飘荡着大螃蟹和酸面包香味的“美国梦”

“大西洋”号邮轮从洛杉矶出发，沿美国西海岸向西经过一天一夜的航行，清晨时分抵达加利福尼亚州第二大城市旧金山。太阳缓缓升起，海面金光闪闪，我们的邮轮也正悠然从旧金山的城市地标——美国的代表建筑之一金门大桥下驶入海湾。

恶魔岛：史上最阴森恐怖的监狱

邮轮侧面的小岛就是赫赫有名的恶魔岛，作为《勇闯夺命岛》资深影迷的我对这里印象极其深刻。这座小岛实际上就是海湾中的一块巨大的礁石，距离最近的码头约 2500 米，四面环绕着冰冷汹涌的波涛，峭壁下还有凶残嗜血的鲨鱼出没，一旦被困在岛上便难以逃脱。美国政府因而选中恶魔岛设联邦监狱，关押过不少有名的恶徒："芝加哥教父"卡邦（Al Capone），杀人如麻却又天赋异禀、对鸟类极有研究的"鸟人"史特劳德（Robert Stroud）和冷血的"机关枪杀手"凯利（George Kelly）等。恶魔岛联外交通不易，犯人想要越狱几乎没有可能，而透过监狱的铁窗遥望，可依稀见到美丽而生机无限的旧金山，这对他们无异于另一种残酷的刑罚。

恶魔岛虽然有阴森的历史，却也是一个野生动物的庇护所，吸引了棕色的鹈鹕、夜苍鹭、西部海鸥和其他许多种类的鸟在此栖息。岛上的联邦监狱于 1963 年关闭，如今已与金门大桥共同成为旧金山湾的著名观光景点。

渔人码头：爆发吧，大螃蟹的小宇宙

邮轮停靠的 27 号码头，旁边不远就是著名的 39 号渔人码头。附近海域盛产鲜美的螃蟹、虾、鲍鱼、枪乌贼、海胆、鲑鱼、鲭鱼和鳕鱼。渔人码头原本只是一个供渔民出海捕鱼的港口，他们每天凌晨 3 点起锚出海，下午再收船返回码头，那时总会有一些好奇的人去观看他们的渔获，甚至向他们购买。后来渔民就干脆在码头边设摊卖海鲜，并把螃蟹、鲜虾放在锅子中煮熟，做成鲜蟹和虾仁沙拉以飨游客，逐渐成为渔人码头一景，码头 logo 的显眼位置上就是一只张牙舞爪的“大螃蟹”。

如今的 39 号码头已经被改造得几乎找不到码头的影子了，变成了一个充满童话色彩的商业广场，在各种鲜花的点缀下焕发出勃勃生机。这里有许多纪念品商店、特色餐馆、街头艺人表演，也有海洋哺乳类动物中心和海湾水族馆。走到码头尽头，还可以凭海临风远眺旧金山海湾内的天使岛、恶魔岛、金门大桥和旧金山一奥克兰海湾大桥 。渔人码头不仅吸引了许多游客，就连旧金山本地人也将这里视为一个休闲娱乐的好场所。

来到渔人码头，最不能错过的美食就是新鲜生猛、个头硕大的丹金尼斯大海蟹（Dungeness Crab）了。国人吃蟹，大多吃河蟹，讲究的是鲜美与情怀——许多文人墨客喜爱啖蟹、品蟹、咏蟹、画蟹，留下了许多逸闻雅事；但对于粗线条的老美来说，肥壮的海蟹显然更受青睐。

作为登上渔人码头 logo 的海蟹，丹金尼斯大海蟹的中文译名叫珍宝蟹，这也十分贴切地说明了它确实是一种极具价值的珍品。根据资料显示， 丹金尼斯大海蟹主要产于加州中北部水域水深 91.4 米（300 英尺）左右的沙子或沙子泥地里。由于生活在冷水海底，且专吃鱼类和贝类，丹金尼斯大海蟹的肉质非常紧实。

在诸多烹饪方法之中，最能凸显蟹肉鲜美的莫过于清水煮蟹。码头上每个海鲜大排档和餐厅都用热气蒸腾的大锅煮着满满一锅的海蟹，视觉和嗅觉的双重刺激让路过的游客毫无抵抗力。

波丁酸面包：味蕾与酵母穿越160年的爱恋

啃完螃蟹腿，可别忘了顺路去波丁酸面包工厂膜拜一下。没错，就是码头附近那栋极具历史感的红顶黑墙法式建筑。外墙上巨大的品牌标志和巨型法棍图案非常醒目。工厂里有现场制作面包的生产车间，有销售面包和相关食品、烘焙用品及纪念品的商店，还有美食餐厅。事实上，这个面积上千平方米的建筑已经是一个以面包为主题的小型商业体了。

工厂一楼的操作间特别设置有超大透明玻璃窗，游客可以清楚地看到面包师傅在里面现场揉面、烘焙，制作出螃蟹、乌龟、火鸡及圆锥状和长条棒状等造型各异的面包。天花板上还有经过特殊设计的滚轴轮轨，来回穿梭运送新鲜面包到隔壁的店面，让游客尽情采购。

酸面包诞生于法国，1849 年，波丁家族从法国移民到旧金山，没有加入淘金热潮，而选择了制作广受淘金工人欢迎的法式酸面包。波丁酸面包制作流程的独特之处在于，使用天然发酵的方式做成面团后，每次都要留一部分老面下次继续加到面粉里，这样酵母就永远用不完，所以在这里吃到的面包可能是已经活了 160 多年的酵母发酵的呢！如今，波丁酸面包已经和有轨电车、金门大桥一样，成为旧金山的名片。

逛累了之后在工厂内的美食餐厅落座，店员向我推荐了他们的招牌美食：9 美元一份的酸面包配蛤蜊浓汤，也就是把球形的波丁酸面包掏空后盛入奶油蛤蜊汤。据说这种吃法起源于淘金热时期，不过那时的波丁酸面包里装的并不是奶油蛤蜊汤，而是蔬菜清汤，价格也很亲民，采矿工人常买上一份匆匆果腹。波丁酸面包的外皮很有嚼劲，内里则香滑松软，初入口时略带老酵母特有的酸味，多嚼一会儿便能品到微甜的后味；掀开盖子，温暖而香浓的乳白色汤汁包裹着新鲜的蛤蜊肉，入口浓郁厚重。将波丁酸面包撕成小块，浸上汤汁，可以让面包和蛤蜊汤的两种味道在口中相互交融，使我在旧金山略显阴冷的空气里有种被治愈的幸福感。

有轨电车：市中心区的“古董级”交通工具

有轨电车也被称为“叮叮车”，是由苏格兰工程师于 1873 年设计的。旧金山市内多山，道路高低起伏，有轨电车的出现有效地解决了“爬坡难”的问题。即使在一百多年后的今天，旧金山的有轨电车也仍然有三条线在运营，既作为旧金山市中心区主要的交通工具之一，也是游客一定要体验的项目。

虽然这些有轨电车有时会拥挤不堪，但许多当地市民仍然习惯于将它作为日常的代步工具。游客坐着“叮叮车”可以玩转从渔人码头到市中心区一路上的大部分景点，而且因为电车行驶缓慢，还可以靠着车窗悠闲地欣赏沿途风景。

Maui

毛伊岛

请允许我融化在这云海里

抵达夏威夷群岛的第二天，“大西洋”号邮轮离开大岛来到了夏威夷群岛的第二大岛屿毛伊岛。毛伊岛面积1886平方千米，也是一个气候宜人、景色优美的旅游胜地。和在大岛一样，从邮轮码头出来就可以乘坐出租车公司的免费接送巴士前往租车公司所在地。我们租了一辆车身宽大、音响很正的白色凯美瑞，开出市区，向远处白云缭绕的岛上著名的景点哈雷阿卡拉火山口(Haleakala)驶去。

“太阳之屋”：哈雷阿卡拉火山口

哈雷阿卡拉火山海拔 3055 米，有成群的盾形火山口交汇于一处，当地人称之为“太阳之屋”。这里的地貌非常独特，堪称举世罕见，是世界上每千米海拔抬升最高的火山。在地球上没有任何其他地方可以让你驾车从海岸线直接到达海拔 3000 多米的峰顶，而且从山脚到峰顶大约只有两小时车程。在短到几近垂直的上升距离内，你可以很明显地观察到从苍松翠柏的热带雨林到光秃荒凉、仿佛另一个世界的火山口盆地的神奇地貌变化。

出城不久，路两边的房屋就被大片绿色代替，农田里种植着一望无际的甘蔗。蔗糖曾经是夏威夷最主要的农产品，这里生产出的白糖占爱吃甜食的美国人需求量的十分之一，因此毛伊岛也被称为“美国的糖罐”。

沿着蜿蜒的山间公路盘旋上升，山路两边的景色非常美，山脚下是郁郁葱葱的甘蔗田和大片的草场，白云缭绕的半山腰则生长着高大笔挺的针叶松和怒放的野花。再往上开，随着海拔的上升和温度的降低，绿色的植被逐渐稀疏起来，满山的黑色火山石在阳光的照射和夜晚的低温下渐渐风化碎裂。

偶尔能见到一簇簇通体银色的植物，生长在乱石丛中格外醒目，这是世界上独有的珍稀植物银箭草。我们遇到的一位国家公园的工作人员介绍：这种银箭草只有在夏威夷毛伊岛的“太阳之屋”和大岛的高山上才能生长、繁衍，而且目前也濒临绝种。

到达山顶，我们已身处白色的云海之中。从火山坑的观景台向巨大的火山喷发口望去，山谷里有如月球表面一般的荒凉地貌，给人感觉自己好像已经离开了地球、站到了月球上一样。当年美国执行阿波罗登月计划之前，为了让宇航员熟悉月球表面环境，特别安排他们在这里进行训练。而位于云海之上的哈雷阿卡拉顶峰是接近星空的绝佳地理位置，是观星爱好者最喜欢的地方之一，夏威夷大学在哈雷阿卡拉顶峰建有天文台。同时这里也是观看壮丽无比的海上日出及日落的最佳地点之一。

“蓝色房子”：查理酒吧

从有如月球地貌的火山顶峰下来已经是下午两点多了，我们再一次在一小时内经历了从高山荒芜到绿草茵茵的神奇变化，如同穿越两个世界一般，从荒芜寒冷的火山顶回到炎热喧闹的热带海滩旁的度假小镇。很多人来这里是为了寻找一个名叫查理酒吧的蓝色房子，在这个小镇上定居的美国著名乡村摇滚运动的领头人威利·纳尔逊（Willie Nelson）会不定期地在查理酒吧演出。

演唱生涯达四十年之久的威利·纳尔逊至今仍是乡村音乐中一位不可或缺的人物。他写的许多乡村歌曲成为经典之作，他录制的很多专辑都登上了乡村音乐榜……因着所有这一切，他成为美国的音乐偶像和乡村音乐传奇人物，并于 2000 年获得格莱美终身成就奖。

能来到这位音乐大佬驻场的餐厅酒吧膜拜，对喜爱威利·纳尔逊的音乐人来说是一个很令人激动的时刻。听着好听的音乐，吃着查理酒吧巨大的招牌 BBQ 牛肉培根汉堡和比萨饼，对于我这样一个对威利·纳尔逊不甚了解的吃货来说也很愉快。

5:32
スロープ

Yokohama

横滨 一座城和一个关于吃的博物馆

与君初相识，似是故人来

“大西洋”号巨大的船身缓缓驶入横滨港，在这整个过程中，岸上的人纷纷拿出手机拍照留影并向我们挥手致意，遥望那些陌生却友善的脸，有那么一瞬间，心底竟莫名涌起“漂洋过海来看你”的壮阔波澜。横滨港的邮轮码头很漂亮，功能也很合理。我们可以从二层甲板直接走入到达大厅，大厅的上层设计成了带绿地和栈道、方便观景休闲的广场。

我作为吃货一枚，横滨之旅的第一站自然要去久闻其大名的横滨拉面博物馆感受一下了。我带上了同样一说到吃就喜上眉梢的考拉姑娘一起出了到达大厅，叫了一辆出租车就直奔目标去了。

日本拉面的前世今生

日本拉面（**ラーメン**）从发音上看就知道跟中国有渊源，“ramen”发音类似“拉面”，一直到 20 世纪 50 年代，拉面在日本一直被称为中华 soba。

据资料显示，日本拉面的发源地是横滨南京街，这也是拉面博物馆选址横滨的原因。横滨港是日本最早对外开放的港口之一，1871 年明治政府与清朝政府缔结友好条约后，将南京街规划为“清人居留地”，于是中国人便纷纷聚集到南京街来，小饭馆的数量也急速增加。因为是小饭馆，卖的都是面食、小吃之类的。起初都是咸味的汤面，但是日本关东地区有酱油文化，为了迎合日本人，南京街的面食馆便干脆也将味道改为酱油味。至于第一个在汤面里加酱油的到底是谁，我就无从得知了。

拉面初期在日本的普及主要有两大因素：一是中国菜经过本土化诠释后的“中华料理”在日本全国大红大紫，面类美食自然也是必不可少的；二是 20 世纪在深夜出摊的流动拉面摊，成为日本人加班后回家路上吃消夜的首选。因此拉面在当地的平民美食中榜上有名。

1900 年左右，日本的中国餐馆开始出售一种广东和上海风味的切面，用猪骨汤打底，堆上一些面码儿，是日式拉面的雏形。其实最初吃面对以稻米为主食的日本老百姓来说是一件很奢侈的事，二战后美国进口的廉价面粉横扫日本市场，与此同时，从中国战场回来的日本士兵将这种中国面食在全日本推广开来。1958 年，原籍中国台湾地区的日本人吴百福发明了冲热水就能吃的日清方便面，进一步推广了拉面的消费。1980 年开始，拉面在全世界流行开来并成为日式美食的标志。

拉面博物馆，“面面”俱到

新横滨拉面博物馆，位于神奈川县横滨市港北区新横滨，于 1933 年开馆，是横滨市诸多拥有悠久历史的博物馆之一。这里云集了日本全国各地拉面的精品口味，展示了拉面在日本的发展史及其独特的文化，可称为“日本拉面的圣地”。 在这里不仅能了解拉面在日本的历史、不同时期日本拉面的种类，还能一站式品尝日本各地名店的地道拉面。

话说在日本搭出租车还是蛮贵的，我们从码头到位于新横滨的拉面博物馆十几千米的路程就花了五千多日元，不过为了寻觅到最正点的美食，还是很值得的。新横滨拉面博物馆位于一栋大楼的一层和地下两层。博物馆一层是欣赏拉面历史及文化的展示区，有一整面墙介绍了拉面从中国传入日本的由来、拉面在日本的发展过程，包括速食拉面的巨大成功，还有各种各样的面条、汤料、碗及制作面条的方法等有趣的知识。绕过一层的展示区，走下装饰着车站壁画的楼梯，就来到了地下“拉面街”。

“拉面街”老电影的海报、侦探事务所的招牌、晾晒衣物的阳台、古旧的电话亭、灰色的水泥墙壁、小小的邮局、卖玩具和小吃的杂货店等，无处不显示着昭和时代的风貌。就连工作人员也扮成那个时代

的警察、小贩、街头杂耍艺人等不同角色，因为博物馆的设定是晚上，所以他们在跟你打招呼时总是会说“晚上好”，整体营造出 20 世纪五六十年代下町（市井）风情，很迎合如今人们普遍的怀旧情结。

拉面博物馆里有从日本全国各地严格选拔的 9 家拉面馆现场制作售卖，可以让吃货们一饱口福，这 9 家拉面馆分别代表着各个时期的日本拉面，汇集了北到北海道、南至九州的不同风味，有以猪骨汤头出名的，有以鱼贝浓汤为主打的，也有以味噌为特色的，不同地域风格不同，比如说北方的北海道的札幌拉面就稍微有些油腻，而南方的熊本拉面则相对清淡一些。这里差不多每六个月就会更换掉其中一家，可谓常吃常有、常吃常新。

“无垢”味噌面：一口惊艳

每个拉面馆的门口都有老式的自动贩卖机，可以买到拉面券入内就餐。我们选的这家“无垢”是今天这里生意最旺的一家，女店员向我们推荐了招牌味噌面和酱油面。小店不大，坐在吧台可以看着案内师傅手法娴熟利落的操作，下面，煮毕，铺汤底，捞面，下食材，下汤，都在我们眼皮底下操作完，瞬间两碗面就递到我们面前。第一印象：面、海苔、海带丝和片好的叉烧，都在一碗暖黄色、稠浓飘香的汤里浮沉。下勺子先喝了一口汤，汤浓得匪夷所思，猪骨熬透，加浓味噌，鲜浓到成半固体，一改之前我对日式拉面都是清汤的认知。尝过了汤，用筷子挑起直条略呈方形的面，嚼一口，韧得恰到好处。叉烧酥烂却韧，筋络软糯，纹理都绽放了。吃下去，都不消牙齿太费事，就块块绽裂，和着鲜汤一起下去，满嘴都是饱满的肉香。

逐鹿拉面：得汤底者得天下

日本拉面最重要的是熬汤，这被称为“拉面的命脉”。汤底，是左右拉面味道的灵魂。日本的拉面馆规模通常都不大，但每个拉面馆都有自家的熬汤秘方，每家拉面馆都有自己的特色汤底。熬汤师傅会精挑细选最合适的原材料，调节火候，熬出美妙的汤底。比如有的拉面是全部用猪骨，鹿儿岛的拉面则以猪骨加鸡骨架共同熬制，东京周边地区的拉面馆用鸡骨架、鸡脚的比较多。熬汤底最重要的是时间，好味道是靠真材实料加时间做出来的，只有使用肯花工夫不怕麻烦熬出的汤底的，才算是真正的拉面。

TIPS FOR CRU

邮轮旅行小贴士

古往今来，"亲近大海"始终是人类梦想清单中的永恒主题之一。

从克里斯托弗·哥伦布到弗朗西斯·德雷克，在邮轮出现之前，只有少数被称为"航海家"的人才能付诸行动；而邮轮的出现，则把无数普通人所怀揣的曾经遥不可及的航海梦想变为可能。

作为海上的"移动城堡"，邮轮连接起陆地与陆地，又于茫茫大海之中将自己与陆地分隔开来；它常常孑然航行于一望无际的大洋，却又兼顾人的社群本性，用极其完善的生活设施打造出"海上社区"。

成千上万的人从不同城市出发，乘邮轮遨游亚洲、欧洲、美洲甚至是南北极。来自海洋的款款温柔悄然抚慰着他们在繁华都市间奔走迷失的灵魂。

在麦哲伦环球航行的传奇里，大海是浩瀚的蔚蓝色；
在鲁滨孙漂流的故事里，大海是沉谧的银灰色；
在泰坦尼克号的爱情史诗里，大海是甜蜜的粉红色；
在海上钢琴师的音符里，大海是飘逸的月白色……

这些都是别人的故事，而属于你的那片海洋又是什么颜色？是时候起航去寻找答案了。

1 选择公司

随着中国日新月异的发展，国际邮轮公司也在不断地拓展中国市场，越来越多的邮轮光顾中国的港口，上海、天津、青岛、大连、三亚……豪华气派的大邮轮吸引着国人的眼球，人们开始计划着梦想中的海上之旅。

皇家加勒比和歌诗达是目前在中国较为活跃的两家邮轮公司。两家公司的邮轮各有特色，可以根据自己的喜好进行选择：皇家加勒比邮轮大多在十几万吨以上，整体感觉更现代化，富有科技感；歌诗达邮轮以八万吨到十万吨的中大型为主，设计偏欧式，擅长利用艺术打造出震撼人心的体验。

E TRAVEL

② 选择航线

如果你是第一次坐邮轮，不妨选择在中国出发的港口，没有飞机的颠簸和旅途的折腾，在国内的港口上船出海，轻松享受邮轮带给你的美好。

从天津出发，可以去日本、韩国、俄罗斯（远东地区）等国；从上海出发，可以去日本、越南、泰国、马来西亚、新加坡等国。第一次出海，不妨选择一个短期航程，比如五天或者七天。

有了一次邮轮体验之后，如果你喜欢，攒下充足的时间和钱，下次可以考虑地中海航线，然后是美国的加勒比海航线、夏威夷航线、阿拉斯加冰海航线。如果你热爱冒险旅游，也可以紧跟着就去南极，坐邮轮去看企鹅和冰川，人的一生应该有一次这样的体验。

③ 选择房型

由于邮轮体积有限，所以邮轮上的客房面积也比陆地上的一般酒店客房小一些。房型主要分四大类，即内舱房、海景房、阳台房、套房，价格依次递增。

内舱房是船上性价比最高的房型，没有窗户，但经济实惠，适合穷游族。如果是短途航行或者打算尽情在公共区域玩乐，大可以选择这个房型。基本上船上的活动从每天早晨6点到后半夜都有，如果精力旺盛、回房间就是睡觉，内舱房就是好选择。

大部分海景房有一个圆形的窗户，不过打不开，只可以向外看到大海，通常价格比内舱房贵50~200美元不等。

需要注意的是，内舱房和海景房以两人间为主，也有三人间或四人间，所以如果是独自旅行，就要做好跟陌生人拼房的心理准备。

阳台房里有一个大的落地窗可以打开，外面还有一个4~8平方米的阳台，放着桌椅。阳光房是热爱大海、喜欢浪漫的人的首选，当然价格也偏贵。

套房则适合经济条件比较好的朋友，一般邮轮都会为住阳台房、套房的客人提供一些优先的服务，比如优先上船下船、优先订餐等，住套房的客人更可以享受类似管家的服务。

4 行前准备

1.证卡现金：上邮轮前要准备什么？最重要的当然是船票、护照、现金及信用卡，重要证件千万不要丢失。可以放在一个透明塑料袋里，这样遭了水浸也不用害怕。

2.重要文件：邮轮公司的工作人员会提前把旅行所需的重要文件列成清单，只要照单准备、注意携带和保管就可以了。

3.服装鞋袜：首先要明确自己乘坐的邮轮沿途会经过哪些国家和地区，根据当地气候准备合适的衣物。但是有一点千万不要忘记，邮轮上有船长款待的正式晚宴，女士要穿晚礼服、男士要穿西装，所以要在行李箱里准备一套正装。游泳衣不要忘了带，因为就算你不喜欢游泳，若要享受船上蒸浴、桑拿、冲浪，有件游泳衣会方便许多。邮轮的房间没有拖鞋，记得自己带一双。

4.实用工具：万能电源转换器、高倍望远镜、带语音功能的多语种词典等，可以根据自己的需要进行准备。

5.常用药品：由于旅途中容易出现水土不服的情况，加之船上的医疗费用相对较为昂贵，所以在行李箱里装上一些常用药品还是很有必要的。

6.岸上攻略：为了更加高效地安排好在岸上的短暂时间，最好可以在出发前做一些岸上攻略，比如当地有哪些值得去的景点、值得品尝的美食、值得购买的特产和纪念品等。

5 娱乐设施

邮轮上的娱乐项目非常丰富，包括经典音乐剧等各式艺术演出，棋牌娱乐和抽奖项目，魔术秀，特色主题派对，手工艺、摄影、厨艺、瑜伽等互动课程及大讲堂，还包括健身房、泳池、球场等运动设施。在邮轮的各个角落，可以感受到各种不同的生活状态，尽可选择自己喜欢的方式度过休闲时光。

6 突发情况

虽然现在科技发达，可借助雷达成功探测到台风并尽力避开，但偶尔还是会遇到比较大的风浪，船体会摇晃得比较厉害。敏感的人容易晕船，所以最好待在房间或躺在床上不要外出活动。需要特别提醒的是，晕船药一定要提前吃，在感到晕船的时候吃晕船药已经晚了。现在市面上还有一种防晕船的“船腕带”，能预防因晕船带来的不良反应。

游客上船后，邮轮会组织安全演习，告诉你在遭遇紧急情况时应该采取什么措施。

除了海难，在邮轮上最怕的就是生急病，虽然邮轮上有医疗所，但是药物和医疗设施有限。一旦出现危重病人、邮轮医生束手无策时，一般会联系美国海岸防护队的直升机，把病人送到最近港口城市的大医院。如此一来，账单上绝对是一个惊人的大数目。鉴于此，上邮轮前还是购买一份保险吧！

7 费用支付

1.一般费用：船票、港务费、码头费等一般性费用基本在登船前由邮轮公司统一收取。

2.船上消费：邮轮上的收费项目基本都是刷房卡记账消费，之后再定期结算或者在下船前一次性结清消费总账单。

3.小费标准：根据服务行业的规则，邮轮客应该按照航行天数缴付一定的小费，标准是每人每天10美元左右。不同的邮轮公司有不同的小费收取方式，有的是定期结算，有的是在最后一天把小费直接打进客人的消费总账单上，有的是给客人一个参考数，客人根据自己的满意度把小费给侍应生。小孩子跟大人一样，都是该付小费的。一般而言，有小孩的房间要凌乱些，侍应生会付出更多的劳动，这一点家长应该清楚。有些带小孩的夫妇会给侍应生超过标准的小费。

8 上岸流程

由于船上客人众多，为了避免产生混乱，每次靠港都需听从安排，分批登岸，完成入境登记和检查。

9 餐饮美食

船上：每隔两周会举办一次船长晚宴，特别定制包含龙虾、海蟹等有富有价值感的主菜在内的正式菜单，属于比较正式的晚宴，需要注意着装与礼节。用餐期间有乐师表演，也有大家一起跳舞或者做游戏等互动。船长晚宴将餐饮与娱乐结合起来，对于初次坐邮轮的人来说是不可多得的体验。

岸上：邮轮在每一站停靠的时间都不会太长，如何在有限时间之内找到当地的地道美食也是一个值得探讨的问题。

1.放平心态：要有一颗发现美食的心，避免下意识地以自己习惯的味道为标准去评判异域的美食和餐饮文化。

2.做足功课：最好可以提前做一些功课，了解当地盛产什么食材，根据食材去找美食，基本不会出现太大的差错。

3.向导带路：如果能找到对当地比较熟悉的导游、朋友，或者在网络上能够联系到一些对美食有爱好、愿意与他人分享的当地人带路，一定能够达到事半功倍的效果。

4.多走多看：最好多看几家再做决定，尽量不要看到一家店觉得还不错就立刻进去大吃一顿，因为很可能吃饱之后出来发现前面还有更棒的餐厅。

5.结伴吃游：一个人的饭量是有限的，可以找三四个志同道合的伙伴一起寻觅美食，这样大家可以点不同的餐一起分享。当然，同伴也不宜太多，避免因意见不统一而争执纠结、浪费时间。

6.相信群众：在吃饭这件事情上，还是要相信群众。选择有顾客排队的店是最省事的方法，不敢说味道100%有保障，但至少食材一定新鲜，而且不会宰客。

AFTERWORD
后记

86 天之前，我和许多人一样，几乎从来没有在海洋上生活的经历。

86 天之后，我收获的不只是一份亲近海洋的体验，更是一路收入眼底的风景、无数由胃入心的美食、一班在各自领域身怀绝技的“搜狐帮”好友，以及最为珍贵的——对于“时间”更深层次的领悟。

邮轮浓缩了城市生活的精华，如同一座海上的移动城堡，将无数邮轮客纳于自己的羽翼之下，海风轻拂，行走于风景之中，从一处美好航行至另一处美好。

乘邮轮旅行，与其他旅行方式不同，没有晨铃与闹钟，不会像急行军似的看完这个景点赶下一个。在这里，所有的环节都变得缓慢，衣食起居完全无须大脑强制指挥，所有人都不自觉地放下对时间的世俗评判，用更多的精力去感受和思考。

这是一种非常有别于平日生活状态的生活，一段真正“偷得浮生半日闲”的享受。到达目的港口已经不是首要目的，对于整个旅途全过程的感知成为旅行的真正意义。

你可以用一下午的时光享受一杯下午茶、在泳池里狂游几个来回然后上岸啜一杯鸡尾酒，用一整天甚至连续好多天的时间读一本小说、听几张专辑、欣赏从日出到日落的海景、感受唇齿间每一餐食物的味道、见证不同文化与习俗间的碰撞与交流，甚至无所事事地晒太阳发呆……以诸如此类的方式去融入没有外物干扰的“时间”本身。

在这里，一切都是那么静默而绚丽。

起航吧！唯有起航，你才会知晓，时光在这里有着怎样的温柔。

韩伟